PROHIBIDA LA ENTRADA A LOS ELEFANTES

Texto de

LISA MANTCHEV

Ilustraciones de

TAEEUN YOO

BLUME

Para mi abuela, Harriet, la primera artista que he conocido
—L. M.

Para Boreum, con amor
—T. Y.

BLUME

Título original *Strictly No Elephants*

Diseño Laurent Linn
**Traducción y coordinación de la edición
en lengua española** Cristina Rodríguez Fischer

*Primera edición en lengua española 2016
Reimpresión 2018
Nueva edición 2022*

© 2022 Naturart S.A. Editado por BLUME
© 2016 Art Blume, S.L.
Carrer de les Alberes, 52, 2.º, Vallvidrera
08017 Barcelona
Tel. 93 205 40 00 e-mail info@blume.net
© 2016 del texto Lisa Mantchev
© 2016 de las ilustraciones Taeeun Yoo

I.S.B.N.: 978-84-19094-70-4

Impreso en China

WWW.BLUME.NET

Este libro se ha impreso sobre papel manufacturado con materia
prima procedente de bosques de gestión responsable. En la producción
de nuestros libros procuramos, con el máximo empeño, cumplir con los requisitos
medioambientales que promueven la conservación y el uso responsable
de los bosques, en especial de los bosques primarios. Asimismo,
en nuestra preocupación por el planeta, intentamos emplear al máximo
materiales reciclados, y solicitamos a nuestros proveedores que
usen materiales de manufactura cuya fabricación esté libre de cloro
elemental (ECF) o de metales pesados, entre otros.

El problema de adoptar un pequeño elefante
como mascota es que nunca acabas de encajar.

Nadie más tiene un elefante en casa.

Cada día paseo a mi elefante.

Él es muy considerado y no dejaría que me mojara,
por nada del mundo.

No le gustan las grietas de las aceras.

Siempre he de cogerlo en brazos para que continúe caminando.
Eso es lo que hacen los amigos: ayudarse para poder superar las grietas.

Hoy llevo a mi pequeño elefante al club del
número 17. Se celebra el Día de las Mascotas
y ¡todo el mundo estará allí!

—¡Venga! Te gustará.

Los últimos metros lo he de llevar a cuestas.
—Lo pasarás bien.

Pero cuando miro,
veo un cartel en la puerta.

Ahora es mi pequeño elefante el que casi me tiene
que arrastrar por la calle, sin importarle las grietas.

Eso es lo que hacen los amigos: hacer
frente a las cosas que nos dan miedo.

—¿También has intentado ir a la fiesta del club
de las mascotas? —pregunta la niña.

—Sí —le contesto—. Pero no quieren elefantes.

—El cartel no indicaba nada de mofetas —añade la niña—,
pero no quieren que juguemos con ellos.
—No les hagas caso —le digo para animarla.

—Si no huele mal —añade la niña.
—¡Claro que no! —le digo—. ¿Y si
creamos nuestro propio club?

—Ven —le digo, asegurándome de
que mi pequeño elefante me sigue.
Porque eso es lo que hacen los amigos:
no dejar a nadie solo nunca.

—Podemos jugar aquí —dice uno
de nuestros nuevos amigos.

—Todos juntos.

Así, decidimos pintar
el que será nuestro cartel.

PROHIBIDA LA
~~ENTRADA A LOS
DESCONOCIDOS~~
TODOS SOIS
BIENVENIDOS